# 한새빛 시집

# 꽃불

한누리
미디어

한새빛 시집

# 꽃불

라일락 향기가 흩날리는 이 계절이 좋다.

코끝을 간지럽히며 뜻 모를 향수를 불러일으키는 꽃나무
처럼……. 

시를 읽는 이들의 감성이 새롭게 살아나는 그런 시를 쓰
고자 하는 바램이지만 아직도 미숙함을 느낄 때가 많다.

무엇보다도 나 자신의 삶이 시를 통하여 승화되길 바라며,
시집을 세상에 내놓는다는 사실이 두렵기도 하지만 그동안
써 왔던 시를 시집으로 묶는다는 기쁨 하나로 그 두려움을
감추어 본다.

부족함 투성이라고 생각되는 시를 위해 그동안 이끌어 주
신 김건중 선생님께 이 자리를 빌어 감사함도 얹어 드리고
싶다.

2001년 봄

돈암동에서 한새빛

# 한새빛 시집 / 꽃불

## 차례

### 1부
### 별

# 한새빛 시집 / 꽃불

## 차례

# 2부
## 꽃

# 한새빛 시집 / 꽃불

## 차례

### 3부
### 만남

한새빛 시집 / 꽃불

## 차례

**4부**

# 사랑

# 한새빛 시집 / 꽃불

## 차례

**5부**
## 계절

한새빛 시집 / 꽃불

차례

**6**부
**젖은 영혼**

# 1부

## 별

# 별

하늘 아래
등 돌릴 사람조차 없음에
그대를 바라볼 수 있었겠지

어디 한 군데
맘 둘 곳 없어 얼어붙은 가슴은
그대의 영롱한 빛에
녹아버릴 수 있었겠지

무언의 빛남에도
의미를 부여하면
하늘을 우러러 노래할 수 있겠지

비가 내리는 까닭에
머리를 숙이고 달리고 달려
그대에게서 멀어진 것만 같은데
늘 그 자리
같은 거리를 두고
서투른 내 노래를 듣고 있겠지

젖은 하늘에서 그대가
빛을 잃은 듯 싶은데
그건 아니지 결코 아니지
구름 위에 언제나
반짝이고 있지
보이지 않아도 느낄 수 있지

# Star

I just stare at you as there is no one,
that I could turn my back against under sky

My frozen heart, which can not stay at one place
could have been melt down by your bright light

Due to your silent brightness, if meaning is given,
I could sing a song, looking up the sky.

Because it rains, I keep on running and running
with my head down. It seems that I feel far away
from you. You are just listening to my awkward song
at the same place and from the same distance.

Under the wet sky, you appear to lose brightness.
It is not, never so like it. Above the cloud,
it always twinkles. I could feel it beyond visibility.

# 잠 못 이루는 밤

불리워지지 않는 이름은
아픔입니다

평안이 없는 영혼은
잠들 수 없습니다
절대로
눈 뜨고 싶지 않은데
눈을 뜨게 하는 것이 있습니다
온 정신이 그것에 쏠리어
아무 것도 할 수 없고
그 무엇을 하고 있어도
의미 없는 동작일 뿐
단 한 가지 바램만이
숨쉬는 이유입니다

불리워지지 않는 이름은
절망입니다

# 진주조개

가슴에 박힌
상념이 쑤셔 와
견딜 수가 없다
허리가 끊어지도록 울며
데굴데굴 굴렀다

널 원망하다가도
미워하지 못하는 내가 답답하다
널 기다리기 때문이다
나를 압도하던 독재자여
눈빛만 보아도 미소짓던 날이 그립다
반짝이는
바닷가의 추억이 그립다

넌 내가
숨쉬기를 다 하는 날까지
속에 지니고 있을 고통이다
운명이다
……

# 생일

처음엔 그것이
기쁜 건지 슬픈 건지 모르고
그저 할 수 있는 거란 우는 것 밖에

고이 보듬어 주던 손길이
의무를 다하고
좋은 거처라고 정해진 나의 집은
머리 위로
별이 보이는 이글루였다

어느 날
밤마다 바라보던 별 위에서
눈을 떴다
……
아, 따뜻하다

# 설무(雪霧)

내 그리워하는 임이 있어
먼 데 하늘에 보낸 한숨이
송이마다 시가 되어 태어납니다
한숨의 응결
짙은 눈 안개

# 친구의 눈빛

그 어떤 끌리움 있어
마음 이리 깊어질까
서성댐과 분망함이
이지러진 소요 속에
침묵하며 홀로
사려 깊은 모습
빛 중의 빛
그 눈 속에 머물러 있네
수업 시작의 종은 울리고
발걸음을 옮기려던 나는
숨이 멎고 움직일 수 없어라

# 소원(疏遠)한 관계

그를
나를
서로가 필요로 할 때
빈 곳이 채워질 수 있으리

그는
나는
각기 원하기만 했다
멀찍이 서서 말도 없이

그가
내가
뭘 원하는지
말 없이 통할 만큼
우린 가까이 있지 않다

낮이나 밤이나
새벽이나
그가 내 가까이만 있다면
진정 무얼 원하는지 알기만 한다면

기꺼이 그의 기쁨이 되어주리
그것이 나의 기쁨일 테니

# 껍데기

말쑥한 차림새에
아이들은 잘 자라고
꽃내음으로 가득한 집

아무도 강요하지 않는데
하릴없이 분주하다
고단하다
창을 열고
거리를 내려다본다
아늑한 불빛
문득
고개를 들었다
별이 보일 만도 한데……

조각도를 집었다
이를 꽉 물고
해묵은 바가지 위에
음양을 새긴다
며칠 후면
벽면을 장식하겠지
눈꺼풀이 무거워진다

# 오(吾)지기

그냥
지켜봐 주오

그대는
모든 것이 융합(融合)된
하나의 의미(意味)
달리
이름 붙일
어떤 단어(單語)가 없소

비늘이 떼어진 눈엔
그대가 몹시
자상(仔詳)하게 보이오

그냥
지켜봐 주오

슬픔도
불완전(不完全)함도
때론

감미(甘味)롭구료
지극(至極)히 높은 곳의 그 분께서
'아무 것도 나보다
더 사랑하지 말라'고
슬픔을 주셨구료
불완전(不完全)함을 주셨구료
그분이 허락(許諾)한 모든 것을
사랑하겠소

그냥
지켜봐 주오
내가 부르는 노래를
즐겨 들어주오

# 당신의 말씀은

당신의 말씀은
운동력이 있어
내 가슴을 움직여요

당신의 말씀엔
빛의 나래가 있어
내 어둔 맘
밝혀 줘요

하여
나 힘입어
당신이 부르시는 소리에
발걸음 옮겨요

이제 당신과 더불어 울고 웃고
힘
위안
빛이 되겠어요
기도하겠어요
노래하겠어요

# 희망

컴컴한 대지 속에
가느다란 빛 비추이더니
환호를 지르며
커져 가는
빛의 선율에
함초롬히 움튼 싹이
파릇하게 자라고
빛을 향한 노래 가이없다

# 나의 쉴 곳

존재조차 잊었었노라
마음 귀퉁이에 모셔다 놓고

어느 날 문득 깨달았노라
이름을 부르지 않은 것이
꽤 오래 되었음을

그리워라
어디를 가나
무엇을 하여도 함께이었던
목숨처럼 사랑했던 이

우슬초 밭에서 헤매이었음이여
슬픈 영혼은 탄식했노라
님을 까맣게 잊고 있었음에

방황 끝에 알았노라
한눈 팔지 않고
님만 바라면
부러울 것도 없고

내 쉴 곳
당신 품뿐인 것을

# 2부

## 꽃

# 꽃가위를 들고

알리움
장미
안개
유우칼리를 섞어
꽃을 꽂습니다
간혹 설레임도 함께

자존심같이 휜칠한 가지를
주지(主枝)로 세우고
서럽고 아픈 가지들을
잘라냅니다
본디
그렇게 생긴 가지처럼
의연한 모습입니다
그윽한 미소를
꽃 속에 담습니다
가끔은 한숨도 섞어 넣고요

마냥
쓸데없이 꽂는 꽃은

우두커니 못 박혀 선
안타까운 전령(傳令)입니다

# Holding a flower scissor

Allium, Rose, Gypsophila-mixed with Eucalyptus
are arranged in order. sometimes together
with intermittent restlessness.

I use thin, tall branches like self-pride
as main column and scissor out
sorrowful and sick branches. They look
dauntlessly like original branches. I put
secret smile into each flower.
From time to time, it is added with sigh.

An unuseful flower, which is arranged
unmatched is simply nothing but
a tantalizing messenger.

# 민들레

감당할 수 있는 짐만 주노라며
못 박아 돌아선 그
그가 요구하는 건
앉은뱅이의 천명(天命)

어지럽고
눈꺼풀이 내려와도
잠들어선 안 된다는
심연(深淵)의 소리가
눈을 부릅뜨게 하고
자리를 박차고 일어서지 않으면
숨막힐 것 같아

잔인한 바람은 오금을 못 펴게 하고
곱상한 자태마저 잊게 해도
날개가 돋는 것을 막지 못해
마음껏
날아 날아다니다가
살포시 내려 눈감아야지

# 목단

속내 감추려 향기도 없이
겹겹이 주름진 고운 옷 입고
무성한 잎사귀들 사이에서
가슴 덜컹한 놀람으로 몸을 떤다
하늘 향해 답답한 가슴 풀고
현기증 나는 한낮의 정원에 서서
가래톳 서도록 힘껏
발돋움해 바라본 저 너머엔
살근거리던 아카시아꽃이 스러지고
벌통에 꿀은 가득 찼다

# 목련

뼛속까지 시린 추위를
잘도 견디어 낸 너는
두터운 옷을 벗었다

눈부신 날
치맛자락 여미고
모습을 내민 너는
기품 있는 여인으로 다가와
눈길을 끌더니
하얗게 드러내고 미소지으며
다가오는구나
너를 품게 만드는구나

치마폭이 부풀고
잉태를 감출 수 없어
부끄러워 하더니
몸을 풀던 날 너는
창피함도 없이 옷을 벗어 던지고
깊은 나락에 빠졌구나

# 석류

나를 나무라지 마
한낮의 태양을
바람과 서리를
온몸으로 견디었어
가슴 찢어지는 아픔을
참아야 했어
침묵하기엔 절절한 사연
얘기하고 싶은데
말은 아니 나오고
쏟아지는 눈물

# 용설란

십 년이 될지
백 년이 될지
그 날이 언제일지 몰라
지천으로 흐드러진
개나리 진달래며
발에 밟히어도 피어나는
냉이꽃이 부러운
화분에 갇혀 표독스레
가시 돋힌 너

# 무제(無題)
— 난 별꽃이 될 거야 (칠행시)


난향(蘭香)처럼 그윽한

별보다도
꽃보다도
이보다 더 좋을 게 없을 그런 사랑

될성부른 꿈을
거짓없이 이야기 하는데
야광명월(夜光明月)이 웃고 있다

# 칸나의 꿈

어린 나이에도
조숙했던 아이는
창 밖을 내다보며
손 뻗어 잡을 수 없는 그것이
늘 갖고 싶어
딸꾹질하며
시력을 흐리곤 했다
꽃과 별을 사랑하던 아이는
찬란한 빛을 받아
예쁘게 피어났다
봄부터 가을까지 붉게
피어나는 칸나처럼 아이는
가을의 문턱에서
아직도
붉은 꽃으로 피어 있다
지금쯤
아이는 그것을 가졌을까

# 새벽 꽃시장에서

눈을 비비고 부릅뜨고
입술 연지 바르고
손님 맞을 준비 끝낸 아낙
후리지아, 나팔 수선, 장미, 아이리스
수북히 쌓인 꽃을 보며
담배연기 내뿜는다
무더기로 놓인 꽃에서 한 단을 사들고
염치없지 않은 나는
다른 꽃을 두리번거리다
바닥에 버려진 초화를 밀어내는 사이에
엉겁결에 걸음을 옮긴다
처음 한 단의 꽃을 살 때는 언제나
걸음이 빠르다
여기저기서 사 모은
한 아름의 꽃을 안게 되면
어깨가 펴진다
걸음이 느려진다
호사스런 여자가 된다

# 들풀꽃의 노래

당신들은 모르시겠지만
이름 없는 꽃이 어디 있겠어요
불리어지지 않아
제 자신도 잊을 정도이지만
스쳐가는 바람에
꽃을 피워
열매를 잉태하고
속절없이
비바람에 쓰러졌다가도
다시 일어서고야 마는
모질고 질긴
살아야 하겠다는 것 밖에
사랑 따위는
믿지도 않는 저도
한 때
고운 꿈을 꾸었더랬어요

# 3부

## 만남

# 만남

만남이란
그리움이 불러일으킨 몸짓

서로의 마음을 알고 싶어하고
그 속에 깃들고 싶어하는 것도
분명치 않은 그리움의 몸짓

　　　'바람과 구름'
　　　'꽃과 나비'

의지 없이 산다는 게
있을 수 없는 건
스스로의
한계를 알기 때문

홀로 있음이 고독하기에
우리는 서로 기대고 싶어

만남이란
그리움이 불러일으킨 몸짓

# To meet someone

To meet someone is a gesture
toward a person, who is longed for.

Wishing to know the minds of each other
and even wishing to nestle thereinto,
is an unclear gesture toward a person,
who is longed for.

'Wind and cloud'
'Flower and butterfly'

To exist alone, dependent upon none
is next to impossible.
That is why it knows by itself
its limit.

As walking alone looks lonely,
we tend to resort to each other.

To meet someone is a gesture
toward a person, who is longed for.

# 노인의 지혜

뭘 그렇게 애태우느냐, 소원하느냐? 내가 다 안다. 노인의 말을 진부하다고 흘려 듣지 말아라. 사랑도, 남부럽잖은 행복도, 가슴 아픈 일도, 죽고 싶은 만큼 괴로운 일도 낸들 없었겠느냐? 네 나이 땐 격동하기 쉬우나 이제 생각해 보니 격동할 일이 없구나. 내게 다시 젊어지길 원하느냐고 묻는다면 그건 아니라고 말하겠다. 난 지금이 좋다. 관조하는 눈이 생기고 아름다움이 뭔지도 알겠구나. 인생이 짧다고 바둥거리며 산다고 해서 허무하지 않겠느냐? 느릿하게 여유를 갖고 생각하며 살아라 영혼을 사랑하여라. 사람의 진정한 것은 껍데기가 아니다. 말초신경을 자극하는 것도 한때의 즐거움이기는 하나 최후까지 남는 것은 아니다. 육체가 쇠하여지니 영혼이 강하여지는구나. 신이 부르시면 예 하고 언제든지 달려갈 수가 있구나. 늙은이의 지혜는 하루 아침에 이루어지는 것이 아니란다. 이 늙은이의 말을 들으렴.

# 혀

주인님
늘 함께 하다 보니
주인님의 생각이 제 생각이고
주인님의 기쁨이 제 기쁨이고
주인님의 슬픔이 제 슬픔입니다
때로는 주인님을 대변하기도 하고
주인님을 기쁘게 해드리기 위하여
노래도 부르고
주인님이 슬프면 함께 웁니다
부탁드리고 싶은 것은
섬세한 제 성품을 배려해 주시고
이 몸은 언제나
주인님의 소유인 것을 기억하셔서
불러주십시오
주인님을 위해서라면
목숨이 다하는 날까지
무엇이든 기꺼이 하겠습니다

# 고향길

질박하고 정겹던
외할머니 사시던 곳을 지나,
아버지 손잡고
타박타박 걷던 소롯길 섶으로,
일곱 살에 다니던 학교
선생님 무릎에서 풍금 치던
옛 동네를 지나,
올갱이 잡느라
치맛자락 적시던
달래강 지척에서,
차창 밖으로 손을 내밀어
바람 부여잡아 보고
코를 벌름거려도 보고
흙 속에 묻힌 기억들을 더듬어,
사뭇 달라진 집들이지만
낯설지 않은 길을 따라
현기증 나는 도회에서
다시 돌아올 이 산하에
눈을 맞춘다

# 추모

벽에 걸린 그림이며
꽃핀 화분이며
된장 간장 항아리에
어머님의 손길이 아직도 느껴지는데
안온하게 살 수 있어 감사한 것도
때론 잊혀진 듯하지만
주무시던 방에 누울라치면
손가락에 끼시던 수정반지 고쳐 만든 목걸이가
눈물처럼 목덜미에 흘러내리고
눈길 가는 곳마다 흔적 남아
잊을 수 없는
평생 무뚝뚝하기만 하셨지만
가시기 전에는
따뜻하고 부드러우셨던 분

# 초연

흙 속에 묻힌 약한 뿌리는
비바람에 흔들린다

이제 종소리 울리면
아픈 대지 위에 붕대를 감고
병든 이 시간들을 훌훌 털어 버리고
내일을 향해 떠나리다

어떤 현실에서
너와 나의 자세를 향해 달릴 때
나는 그저
초연함에 있고프다

# 등

참으로 세상엔
빛이 없구나
가지고 있대도
문닫아 건 작은 제 골방만을
힘없이 비추고 있구나

기름 붓고
심지를 돋우어라
꺼진 등에 불을 붙여라
온 세상 높이
높이 들어라

그대의 등에는 기름이 많은가
채운 기름은 기름뿐으로서 그 무엇이리?
기름은 불타기 위해 필요하며
등을 밝히기 위해 필요한 것

그대들 꺼진 등에 불을 붙여라
그러면 세상은 밝아지리니

# 길 벗

가야 할 그 곳까지
말 없이 함께 가 주는 이가
재잘거리고 웃다가 슬쩍
짐 속의 물건 하나 꺼내어서
어디론가 사라지는 이보다
백 번 낫지
가야 할 곳이 달라서
아쉬운 작별을 하게 될지라도
넘어지면 일으켜 세워주고
제 먹을 것도 나눠주며
골난 얼굴도 미소짓게 해 주는 이는
천 번, 아니 만 번 낫지

# 네게 줄 것은


결국
홀로 자기 삶을
영위(營爲)해야 할 노영(露營)에서
나는 네게 줄
아무 것도 가지고 있지 않다
가까이 하고
알고 싶어 하고
이야기하고
서로의 빈 자리를 채워줄 수 있는
인생의 긴
혹은 아니 긴 시간에서
조금은 너와
같이 할 수 있을 뿐이다

# 마음 가는 대로

내가 느끼는 것을
당신이 느끼지 못하는 것처럼
누구도 알 수 없는 것이겠지요
붙들지 못하는 마음의 행로를
진정
알 수 없지만
포기도 타협도 아니 하고
마음 가는 대로
내버려두겠습니다
삶의 이치에 미숙한 사람이기에
그냥
마음 가는 대로
내버려두겠습니다

# 가슴 시린 한 사람에게

고즈넉한 고향의 향기를
보내드리리
그대의 잃었던 웃음을
찾아줄 수 있다면
풋풋한 사과 되리
기꺼이 되리
서늘바람 창 밖에 불어
눈가에 그림자 질 때
한 잔의 차와 함께
그대의 허기진 마음을
채울 수만 있다면

# 물

부드러움은
강한 것이지요
몸집 큰
물고기라 해도
실크처럼 보드라운 물을
벗어나지 못하는 것처럼

의도함 없이
아래로
아래로
흐르는 물줄기는
마침내
잔잔한 호수가 되며
드넓은 바다가 되며
쉬임없이 살아 숨쉬는
부드러움은
생명의 발현입니다

# 비루먹은 노새를 닮은 이

놀라워라 저 볼품없는
비루먹은 노새를 닮은 외양 속에
저토록 위대한 말과 행적을 할 수 있는
발군의 아름다움을 능가하는 이여,
그대 앞에서는 천사의 아름다움도 발 아래 떨어지는구나
오, 제물을 열납하지 않는다고
안색을 바꾸며 등돌리어 도피한 이여,
네 뜻대로가 아니라 받는 이의 뜻대로
흠 없고 거룩한 것이어야 하느니
저 비루먹은 노새를 닮은 이는 그리 하였느니

# *4*부

# 사랑

# 고지를 넘어

눈 속을 손잡고 걷는 이는
겨울을 느끼지 않네

찬 바람이 세차게 몰아쳐도
손의 온기는 봄의 도래를 속삭이고
산들바람은 가슴 속 깊은 곳에서 피어나네

고지를 넘어, 마법의 여신이 다가와 미소짓는데
가슴은 이미 따뜻한 봄이어라
질투도 공상도 요구할 것도 없어라

환희의 용광로 속에 죽음을 던져 버리네
고지를 넘어, 사랑과 영혼과 위로와 안락함을
언제나 그리워하며……

# Beyond Highland

Lovers enjoy walking hand in hand in white snow
And yet they do not feel anything about cold winter

Warmth of hands only whispers advent of spring
Severe as the wind may be blowing toward them.
The cool breeze generates deep inside their hearts.

Beyond highland, Magician quietly comes and smiles.
Hearts are already exposed close to warm spring.
Nothing jealous, nothing fantastic, and nothing less.

Dead thrown are into furnace of delight unnoticed.
Discovered they stand beyond highland, where they
Ever miss Love, Soul, Consolation, and Comfort.

# 지혜로운 물가

영원히 마르지 않는
지혜로운 물가에 다가앉아
몸을 씻고 얼굴 비추어 보며
그윽한 밀어를 나누리
색깔과 형태가 없어도
손가락 새로 느끼는 보드라운 흐름은
우정과 같이 변함없는 것
영원을 향한 순간들의 모임
하늘을 닮아 고요한
그 웃음 환하여라
훗날 은발 되어 회상하리
물방울이 모이어 호수를 이루는
심연의 사랑을 터득하리

# 햇빛 가득한 집

하루 왼 종일
햇빛 가득한 우리 집

저 만큼 펼쳐진 뜰엔
봄부터 장미 곱게 피어 있고
은행나무 곧고 위엄 있어라

아빠는 집을 나설 때마다
몇 번이고 손을 흔들고
엄만 보이지 않을 때까지
문 앞에 서 있고
뜨락의 비둘기는
다정도 하여라

실쭉샐쭉 이도 안 난 우리 아가
봉이눈 길게 웃는 아빨 닮았지
기지개도 잘 켜고
날마다 새롭게
크게 크게 자라라

# 사랑

### 1

그것의 깊이와 넓이가 곱해져서
커다란 부피가 되고
그 속에서
물과 물고기가 밀착 되어
완전한 자유를 느끼듯
살아 숨쉬는 이유

### 2

세월 가면
빛 바래어지는 것이
자연의 이치일지라도
끝까지 고개 젓고 싶은 그것은
슬픔의 다른 얼굴

# 님이 오시기까지는

오신다는 시각까지는
소풍갈 아이와도 같이
설렘으로 가득했습니다
행여 미울세라
거울 속의 나를
자꾸 들여다보았습니다

어느덧 그 시각
기다리는 나에게
머물러줘야 할 기쁨의 순간은
님과 함께 오지 않았습니다

님이 오시기까지는
시간은 움직이지 않고
나는 동화 속의 공주처럼
탑 속에 잠들어 있습니다

님이 오시기까지는
언제나 밤입니다

# 솔빛처럼 푸르러라

비 갠 아침의
솔빛처럼 푸르러라

사랑은
참됨에서 생겨나며
인내함에 더욱 빛나는 것
언제까지고 기억하는 것

간 밤에 내린 비는
우리의 가슴을 씻었으리
우리들의 이야기는
마른 땅을 적셔준 단비였으리

모든 이론을 초월하여
이제로부터 비롯된 사랑은
비 갠 아침의
솔빛처럼 푸르러라

# 당신이 읽는 책

사랑하는 이여
내 마음이 책이라면
그 속엔
이렇게 쓰여 있겠지요
"당신은 살아 움직이는
태양보다 강한
내 마음의 빛이어라."

당신은 지금
책을 읽고 있어요
수천 번 수만 번 읽고 있어요
"당신은 살아 움직이는
태양보다 강한
내 마음의 빛이어라."

# 실제(失題)

사랑하는 사람의
사랑에 대한 별리(別離)는
진정 없다
두려워 말라
헤어질 것을 염려(念慮)하지 말라
언젠가는 인생과 같이
사랑도 가는 것
생애에 있어 오래토록 가슴 깊이
감미로운 흔적 있도록
그 날 그 때 열(熱)과 성(誠)으로
사랑에 힘쓸 뿐
시간 위에 시간을 연장(延長)하지 말라
오늘 사랑하고 죽음으로써
끝날지도 모르는 우리
사랑의 진실 위에
무슨 이론이 필요한가
억겁 세월 속의 찰나
삶과 사랑의 자부(自負)를 갖자

# 인생과 사랑

언젠가 우리 인생은
제 각기 제 갈 길로
흩어지고 마는 것입니다

그때는
사랑함도 미워함도
온갖 괴로움도
한낱 안개처럼 사라지고
우리 인생은
제 각기 제 갈 길로
흩어지고 마는 것입니다

지금은 서로가
이해하고 사랑하여
한 몸이라 일컫는다 할지라도
그때는 둘로 나눠지며
홀로 새로운 문을 열게 됩니다

사랑하는 것은
하나가 되는 것이 아니라

하나가 되고 싶어하는
간절한 바램입니다

# 사슴의 노래

나를 다스릴 땐 오직
사랑만으로 다스려 주세요
사랑에 굶주린
가엾은 사슴을 어루만져 주세요
어느 곳엘 가든
사랑이 아닌 것으로 다스릴 때에는
나는 내가 아니어요
온 누리에는 미움으로 가득 차 있군요
그 속에서 오직 당신만이
사랑을 베푸십니다
그 사랑 천 만 분의 일이라도
사슴의 몸에 스미게 해 주세요
이 넓은 동산의 어떤 생물도
사슴을 어루만져주지 않아요
그래서 눈은 커지고
몸은 수척해졌지요
사랑의 신을 얼마나 기다렸는지
긴 목이 더 길어졌지요

# 파랑새

　행복을 이름하여 날아가는 파랑새라 합니다. 잡으려 하면 날아가고 또 날아가고 무지개를 잡으려 애쓰는 것과 같이 머물지 않는 것인지 모릅니다만, 분명 파랑새는 존재하고 잡으려 하지 않아도 스스로 날아와 앉는 파랑새의 의지가 있는 것입니다. 해야 할 것은 정작 잡으려 하는 것이 아니고 날아와 앉도록 분위기를 만들고 오래토록 머물 수 있는 방법을 배우는 일입니다. 오늘은 지혜로운 물가에서 파랑새를 보았습니다. 날아가는 것이 아니라 날아오는 것을….

# 결혼 행진곡

꽃은 꽃이라서 아름다울지 모르겠으나
보는 이의 눈이 아름다워서라

청산은 유수가 있음으로 해서 그 존재가치가 빛나듯이
나, 그대 있음으로 해서 더욱 빛남은 무엇이리
그대가 말씀한 이익과 공존이 아니고 무엇이리

나, 이름 없는 골짜기의 가냘픈 꽃
그대, 훌륭한 저택의 정원도 아니요
사람들이 많은 거리에서가 아닌
이름이 없는 골짜기를 걷다가
가냘픈 운명의 꽃 보았어라

꽃은 골짜기를 헤어나 마음 속 깊이 가꾸어진
그대의 기름진 꽃밭에 심어졌으니
그 무한한 기쁨은 하늘과 땅에까지 미치리

산천초목과 그 곳에서 노니는 모든 생물들의 축복 속에
그들이 연주하는 행진곡을 들으며
인격과 인격의 결합의 행진을 하니

이제 나 그대의 꽃
그대를 위해 일생을 바칠 꽃

그대가 있는 곳은 가시덤불이라도 좋으리
그대 사랑 있는 곳은 어디라도 좋으리
꽃을 사랑할 줄 아는 아름다운 마음 속에
한껏 고운 꽃을 피울 것이리

내 몸과 마음의 전부를 드려도 다함 없을 사랑이여,
그리하여도 나 그대에게 드리리
그대의 꽃밭에서 번성하리

# 5부

# 계절

# 봄

봄은 안개처럼
살포시 내렸다가
님처럼 말없이
떠날 채비를 합니다
갈 테면 가라지요
아, 차라리
작열(灼熱)하는 태양 아래에서
검게 타 버려도 좋습니다
친구여,
그대의 마음이 솔빛처럼
늘 푸르기만 하다면
바람이 가슴 속으로 불어와
돌아누워 밤새
뜬눈으로 뒤척여도 좋습니다
세찬 눈보라가 휘파람 소리를 내며
뼛속까지 시리게 하여도
친구여,
그대의 마음이 솔빛처럼
늘 푸르기만 하다면
수많은 날들이
봄으로 봄으로 남겠습니다

# Spring

Spring has softly come like fog
and then is set and ready to leave like
lover with no word.

Let it go if it wishes.
Oh, you'd rather be scorched to be charcoal black
under a burning sun.

Dear my friend,
If only your mind is evergreen like pine tree,
It is okay to stay all awake and restless,
facing the wind on my heart and turning back.
It is all right that strong snow storm whistles
and freezes me cold to the bone.

Dear my friend,
If only your mind is evergreen,
numerous days will be left in spring,
and again, in spring.

# 시를 쓰는 봄 밤

벚꽃은
미풍에 불나방이 되는데
밤을 잊었어도
밤을 아는 본능이 남아 있어
눈꺼풀이 껍껍하고
목덜미가 뻐근하다
무익한 일을 위해
활자로 태어날 글들을 위해
생명을 소모한다

# 멀미

목련이 속살을 드러내고
햇살은 벚꽃을 간질이며
커튼 사이로 비집고 들어와
핼쓱한 내 얼굴을 비춘다
어디론가 불쑥 떠나고 싶건만
분분한 일상에 발이 묶여
결국 탁자에 앉아
커피를 마주하며
눈을 감고 여행을 떠난다
망막 사이로 들어오는 풍경

시린 눈 뜨고 밖을 내다보면
시간을 다한 벚꽃은
봄기운 아래서 난무하고 있다

# 산들바람의 연가

길섶에 앉아
물오른 연록색을 애무하면
꽃잎이 열리는 소리

촉수를 세우고
생명을 더듬는다

진달래에 불지르고 달아나다가
뒤돌아보면 온통
꽃불 타는 산등성이에
그리운 냄새
아른거리는 얼굴

# 오월

나 - 폴
나 - 폴
나포 - ㄹ
노랑나비 날개짓에
함초롬히
꽃망울이 터지고 있어요
보조개로 생긋 웃는 아기처럼
오월은 애띤 싱그러움
아침 아홉 시의 햇살

# 낙엽

부황난 얼굴로 바라본 거리엔
우리들의 이야기만큼 쌓인 잎새들
싹튼 기쁨이
청록으로 환호하던 계절이 지나고
언제부터인지
움츠리며 옷깃을 여미었다
비는 내리고
김 서린 차창엔 젖은 은행잎이
와이퍼로 밀어내도
떨어지지 않아
떨쳐 버리려 가속하여 달리는데
가랑비에 떨어지는 나뭇잎 사이로
어디에서고 눈에 밟히는
손을 뻗으면 잡힐 것 같은 모습

# 산

난 언제나
그대를 떠나 있다
신의 시간으로 찰나에 불과한
이생의 삶이 덧없어
애면글면 종종거린다
그러나 그대는 화안한 얼굴로
모자를 쓰고
띠를 두르고
서리 맞으며
비바람 맞으며
늘 그 자리에
꿈쩍 않고 섰는 그대는
도망하는 날
손짓하여 부른다
숲 된 그대 품에 돌아오라고
돌아오라고

# 가을 서경(敍景)

소슬바람에 나풀거리는
단풍 사이로 느끼는
친숙함
낯설음
나무가 나를 바라보고 있다
나도 올려다본다
바람도
낙엽도
나도
예전의 그것이 아닌데
오늘도 걸어가는 이 길에
떨어지는 가을 내음

# 삭풍을 맞으며

### 1
깃을 곧추세우고
움츠리고 걷다가
꿀벌 잉잉거리는
벼룻길 가
아카시아 꽃길로
달려가 있는
빌딩 숲의 나

### 2
예년의 아람불던 밤송이
올해에도 아람불어
나무 아래 죄다 떨어졌겠지
나뭇가지로 낙엽 속을 헤치며
알밤보다 더 많은
이야기를 주웠었지
이제 삭풍이 불어
마른 잎 떨어져 뒹굴고
내년엔 또다시 꽃이 피고
밤송이 영글어 가겠지

3
차가운 바람에도
이마가 뜨겁다
풍경 좋은 산사에 들어가
오사리잡놈 들어있는 머리를 감고
저기,
마당 쓰는 스님처럼
홍채 빛나는 눈으로 바라보고
초겨울인 지금
봄 노래나 부를까

# 눈

파묻혀 잠든
하얀 새벽
한숨의 응결 얼어붙은 슬픔을
나목 위에
지붕 위에
숨을 죽이며
기다려도 소용없음을
설워 설워 하면서
삭였던 가슴의 보따리도
다 풀어 놓았다
절대로
흔들리지 않으리라
쌀쌀함을 가장했지만
만지면 금세
눈물로 변하는
여인네 같은
······
눈

# 옷 갈아입기

햇살이
고단한 대지를
어루만지고
봄을 싹 틔우는데
여인네들의 옷치레에
눈부신 거리 거리
골 깊게 삭이던
숯검정 가슴도
환하게 할 수만 있다면야
장롱 뒤지고
다리품 팔아
옷가겔 다 뒤져서라도
빛깔 고운 옷으로
멋을 내리

# 6부

# 젖은 영혼

# 젖은 영혼

비둘기
젖빛 울음을 토하면
출렁이는 바다
벤치에 앉아 있으면
숨막히도록 부는
바람 바람에
일던 멀미 날려 보내고
젖은 옷자락은 나부낍니다
떼지은 비둘기
다투어 모이쪼다
훼방자의 몸놀림에 놀라
승천하는 모습
저기 뵈는 훤한
저 바다를 향해
영혼의 울음을 토합니다
매임 없이 묶여진
분홍빛 옷자락은
펄럭이는 깃발이 됩니다

# Wet soul

At sea that doves are
belching out milky crying voice.
I am sitting on the bench,
watching the waves dancing.
Onto the wind after wind
that breathlessly comes upon me,
I blow out the feeling of vomiting
And the lower ends of my wet dress
are flying side to side, in and out,
Doves in group are striving
to pick their food
But at the surprise of bodily move of interruptor,
They begin to fly upward into sky.
Toward the sea that you can see
right over there,
They are belching out
the crying voice of soul.
The lower pink ends of my dress-tied
without being tied by force-
become the flying flag.

# 그의 침묵

해 돋는 곳에서
해 지는 곳까지
그가 두루 살피고 있음을 잊었노라

아픈 내 영혼이
그의 날개 그늘에서
쉬기를 원했건만
침묵하는 그를 못 견디어
그의 자리에 너를 두고
한동안 위안을 삼았노라.

그런 내게
넌 활시위를 당겼다
아픔보다 더 견딜 수 없는 것은
너의 웃는 얼굴이다.
언제든 훤히 들여다 볼 수 있게
가슴을 열어 두었었는데
거짓 얼굴로 내 속에 들어와 있었구나.
생존을 위한 방편이었구나.

눈빛이 흐려지고
사지가 떨리며
가슴은 옥죄여드는데
우슬초 밭에 헤매는 영혼은
새벽 이슬에 젖어 탄식하노라
나의 어리석음에
그가 침묵했음에.

# 도피

눈을 감은 건 내가 아니지
일 저지른 아이가
제 풀에 울 듯
너
눈을 감았다
보이지 않는다고
숨은 건 아니지
대낮에 활보를 하고 있어도
너
내게서 도망치고 싶구나
눈은 어디에고 있고
귀는 어디에고 있지
들리지 않느냐
아담아, 네가 어디 있느냐

# 절규(絶叫)

눈을 감고
두어 시간 있으면
잠이 올 만도 한데
이 밤
깊은 정적(靜寂)을 깨는
혼(魂)의 단말마(斷末魔)
"나는 여자이고 싶다!"
십 수년(十數年)동안
그것을 잊으려 했건만

화사(華奢)한 봄이며
눈부신 여름이,
거울에 비춰진
고운 자태(姿態)가,
시리도록 슬퍼라
슬퍼라.

아아,
체념(諦念)에 길들여져
감각(感覺)을 상실(喪失)한 채

고통(苦痛)이란 걸
모르는 듯했건만,

그토록
오랫동안 잠자던
혼(魂)의 소리가
이 밤을
깨우는 이유(理由)는 무엇일까?
날더러 어쩌라고.

# 연못

내 안에 노니는 물고기는
제 몸을 스치는 물이
눈물인 것을 모르지

양떼구름이 걸린
푸르른 나무와
벤치에 기댄 연인들의 모습이
수면에 어른거리고
말 없이 탄식하며 다가와
손가락 사이로 빠져 나가는
물줄기를 바라보는 이
흐르고 싶은 나는
그가 그렇게 해주는 것이 좋아

내게 비춰진
파아란 하늘이
아름다운 정경이
한결같지 않은 것임을
수없이 보아온 나는 알지

돌부리에 부딪힐지라도
난 흐르고 싶어

# 창(窓) 밖

세상은 온통 꽃이다
손을 뻗으면 잡힐 듯하다
누가 양탄자를 깔았는지 폭신하게 보이는 길
살며시 웃는 나뭇잎의 흔들림
그러나 내 입김으론 흔들리지 않는다
창이 뿌옇게 흐려질 뿐이다
손을 뻗으면 와 닿는 차갑고 투명한 것
그것이 나와 세상을 가로질러 있다
가깝게 보이면서 나와 닿지 않는
나와는 상관없는
아주 멀리 있는 그것

# 망연(茫然)


길 없는 하늘을 향하여 한숨을 뿜다
잡된 몰입이라 이름 붙여진 꿈을 꾸며
먼 곳으로 날아가다

여기저기 방랑자가 흩어져 앉아있다
무표정한 그들은 다른 날에 대한
아무런 기대도 없다

꿈꾸던 자는 돌아서서
갈 길 모르는 낯선 곳을 방황하면서
멀리서 가까이서 손짓할 인도자를 기다린다

# 권태(倦怠)


솜씨 있고
맵시 있고
슬기롭고
매력적이었다
적어도 그가 그녀에게
빠졌을 때에는


솜씨도
맵시도
슬기도 없었다
언뜻 보면 괜찮지만
지루한 물건이었다


그가 정신이 들었을 때 그녀는
산 송장이었고
죽은 정신이었고
벌레였고 짐짝이었다
떼려고 해도 떨어지지 않는

# 파도

억겁 세월
시퍼런 서슬로
꿈쩍 않고 돌아선 지아비를
치맛자락으로 휘감아 내려치는 여편네
아이들은
어미의 성난 모습에
주르르 도망가고
지아비는 여전히
묵묵히 돌아서
바위 되어 서 있다

# 크지 않는 아이

남보다 일찍이 깨우치고
잘 자라주었던 것이
어머니에겐
기쁨이었겠지
초등학교 사학년의 나이에도
조숙했던 아이는
친구들과 어울리지 못하고
밤낮으로 꿈을 꾸었다
주말의 명화를 보면서
주인공이 되고
등교하면 왼 종일
창 밖으로 향한 허공을 응시한 눈은
꿈꾸는 듯했다
깨어나면 도무지
성에 차지 않아
꿈 속에 자신을 가두고
스무 살이 넘고 서른 살이 넘었는데
조숙한 아이처럼
귀여운 얼굴에 주름이 져 안쓰럽다

# 의문(疑問)

삶의 도취(陶醉)에서 깨어나면
보이는 것은 고뇌(苦惱)뿐이오
그것을 숙명(宿命)이라 이름하여
모든 바램을 체념(諦念)으로 바꿈한다는 것은
지극히 슬픈 일이오
한 줌의 흙으로 돌아갈 육체라지만
덧없이 스러져 갈 뿐의 인생(人生)이라면
우리의 존재가치(存在價値)는 무어란 말이오

# 본능

머리
몸통
다리가 잘렸는데도
꿈틀거린다
생각하지 않고
움직이지 않고
무시해 버려도
내쫓아 버려도
속에 남아 꿈틀대는 너는
낙지다

# 청소

숨소리조차 크게 들리는
어둔 방의 커텐을 열어 젖혔다
TV만을 바라보기 위해
놓여진 것 같은 안락의자엔 그나마
앉았던 흔적 없어 허전한데
덩그라니
놓여진 책상 위에
서랍장 위에
수북히 쌓인 먼지가
걸음을 옮길 적마다
햇살에 난무하는구나
모질게도 살아있는
꽃 화분에 물을 주고
잰걸음으로
이 구석 저 구석을 쓸어냈다
내일은 꽃 시장에라도
다녀와야겠다

# 수평선

산이 되었다 무너지고
거품을 내며 혼절하고
끊임없는 들썩임에
삶이 고단하다
어느 푸르른 날
나 그 곳에 가리
금빛 찰랑이는 하늘가
내 격동 잠 재워
흰 돛단배 타고
노 저어 가리

# 불임의 세월

잉태되지도 않은
아이가 태어나서
재롱을 떨고
어느새
청년이 되어
제 짝
찾아줄 나이가 되어
어미의 마음에
꼭 드는
배필을 찾으려
눈을 씻고 찾아도
보이지 않는다
해가 뜨면
또
꿈이었고
여전히 불임이다

# 벤치

공기총 맞은 새처럼 퍼덕이며
눈을 감고
하늘을 향했던 염원
추락하였음을 본다
먼지 바람에
마른 잎이 뒹굴고
몸을 움츠리게 되지만
그래도 날 지탱해 줄
초라한 의자가
여기 있다

# 나의 노래

아스라이 스러져 간 꿈은
파노라마로 일고
질끈 눈 감아도
떠오르는 지난 얘기
그래서 선율은
감미로움에 물들고
내 혼마저 흔들어
노래를 부를 수도
소리를 지를 수도 없게 한다
그 뜻도 곡조도
마냥 흔들리는 나뭇잎처럼
때론 냇물 흐르는 소리로
내 깊은 가슴에 자리한
소리를 일렁이게 한다

# 비밀의 문

그게 뭔지 몰랐어요
비밀의 문은
고통을 겪은 후에 열 수 있다고요

염병을 앓은 후에야
면역이 생기고
지나간 후에야
알게 된다고요
지나간 자리가
아름다웠다는 걸
몹쓸 병만은 아니었다는 걸

아직은 움찔거리지만요
집착했었기에 아팠던
아스라이 멀어져 간 바램이
환상일 뿐이었다고
웃음도 지어 보일 수 있어요

고지를 넘고
비등점을 넘어

어떤 것도 넘어갈 수 있을 줄 알았어요
철썩같이 믿었거든요
그것은 한때의 가면놀이였어요
그만큼 자극적인 도박은 없었어요

염병 같은 고통을 겪은 후에야
해답을 찾을 수 있군요

꽃불
*

## 무상(無常)


푸르라이 부푸는 꿈도
까무라이 꺼지는 꿈도
세월 속에 가고 나는 없네

# 영원한 향기

코끝으로부터
폐부 깊숙이 들어오는
너의 향기
시들어 버려도 여전히
기억으로 남아
계절이 바뀌고 바뀌어
꽃무리진 뜨락에서
서성거리다가
이끌리어 서 있는 곳에
너의 모습이 있다

너를 사랑할 수밖에 없었던 이유는 없다
무조건 너의 향기가 좋았다

시간의 흐름 속에
고움도 흘러가지만
너의 향기는 언제까지나
가슴에 남아
어느 거리에서든 너를 찾는다

# 기행문

햇살이
혼자 있는 좌석을 화사하게 비추고
때마침 나타난 네가
말을 걸었을 때
그저 먼 산을 바라보며
몇 마디 대답했던가
그리고 널
만났던 것조차
잊어버렸었다
이국의 고즈넉한 한 켠에서
홀로 맞이한 생일 아침
본국으로부터 날아 온
메시지와 꽃바구니는
원색의 바다와 하늘을
더욱 푸르르게 했다
그때 넌
신선한 공기 같았고
샘물 같았다
수많은 날이 지나서야
나보다도 네가 정말

그렇게 여기고 있음을 알았다
뼈저린 아픔을 겪고 난 뒤에야

# 손의 철학(哲學)

숟가락은 왜 오른손으로 사용(使用)하며 글씨는 왜 오른손으로만 쓰는가? 왼손도 손이다. 왼손은 왜 거들어주는 역할(役割)을 해야만 하는가? 오른손이 왼손이 될 수 없듯이 왼손 역시 마찬가지이며 그 어느 것의 일부(一部)가 될 수도 없는 것이다. 강(强)한 힘의 왼손잡이가 있는 것처럼 오른손도 왼손만 못할 수도 있는 것이다. 전례(前例)에 따른 습관(習慣)으로 인한 숙련(熟練) 때문에 왼손보다 우월(優越)함을 자랑하게 된 것이니 애초부터 왼손을 사용(使用)하거나 양손을 병용(倂用)하였다면 오른손에 뒤지지 않았으리. 왼손의 위력에 놀란 적은 없는지. 그렇다고 우쭐하진 않으리. 근본(根本)적으로 서로 같으니까. 한 몸에 달린 똑같은 운명(運命)을 가지고 태어난 두 손이여 너희들은 평등(平等)하다.

한새빛 시집

# 꽃 불

●

지은이/한새빛
펴낸이/김재엽
펴낸곳/ 한누리미디어

●

100-192, 서울시 중구 을지로 2가 148-73
신화빌딩 401호
전화/(02) 2278-4513, 2268-4514
팩스/(02) 2268-4524

●

등록 제16-467호(1993. 11. 4)

●

초판발행일/2001년 6월 10일

●

ⓒ 2001 한새빛 Printed in KOREA

●

값 6,000원

●

E-mail/hannury2001@yahoo.co.kr

●

※잘못 된 책은 바꿔 드립니다.
※저자와의 협약으로 인지는 생략합니다.

●

ISBN 89-7969-179-3  03810